Disney

魔龍王國

RAYA AND THE LAST DRAGON

新雅文化事業有限公司
www.sunya.com.hk

角色介紹

絲素

絲素即是魔龍絲素，她是龍佑之國的最後一條魔龍。傳說中她是神聖的水中靈獸，擁有難以言傳的美貌和銳不可擋的魔法。不過雷雅卻發現絲素原來是一條趣怪又慣於妄自菲薄的魔龍，總視自己為萬年劣等生。如今絲素必須學習成為傳說中的那條魔龍，才能與雷雅一同拯救世界。

拉美爾

拉美爾聰明而且善於謀劃，是個讓人難以應付的戰士，亦是雷雅的宿敵。拉美爾是龍牙族長的女兒，決心為保護自己的人民而不惜一切代價。然而在心坎深處，她其實悄悄地喜歡着魔龍。

雷雅

雷雅是魔龍寶石的守護者，她從摯愛的父親——龍心的族長本澤那裏得到這個引以自豪的職銜。不過在魔龍寶石損毀，她的父親變成石像後，她的世界霎時天翻地覆。現在雷雅肩負着拯救世界的任務，她已成長為一個能夠應付不同情況的戰士，聰敏機智有如刀鋒般銳利。雷雅唯一願意信任的，就只有對她忠心耿耿的伙伴篤篤。

篤篤

篤篤的身體部分是潮蟲、部分是巴哥犬、部分是高速越野車，牠整個就是可愛的化身。篤篤從細小得可以讓雷雅捧在掌心時開始，便一直是雷雅最好的朋友。現在他們都已長大，篤篤成為了雷雅可靠的巨型座騎。

本澤

本澤是雷雅摯愛的父親，亦是顯赫有名的魔龍寶石守護者，有「五大領地最強刀鋒」的美譽。作為龍心的族長，他充滿理想，高瞻遠矚，深信世界崩壞是因為人們不再相信彼此，並試圖重新團結這個四分五裂的世界。

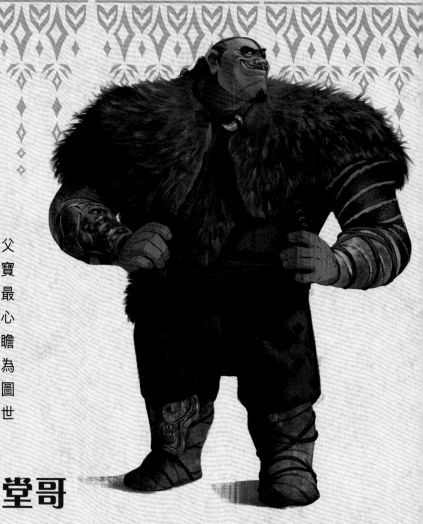

堂哥

雖然堂哥看似仍是昔日那個壯碩、粗豪和威猛的龍脊戰士，但在他的整條村莊因魔靈而灰飛煙滅後，他便成了一個孤獨的樵夫。他嚴厲的言辭與熱衷照顧弱小的軟心腸，反映出他剛柔並濟的個性，是個貨真價實的溫柔巨漢。

邦邦

邦邦來自龍尾，是一名老成的街童，總是在盤算着怎樣與人交易。他就像一個擁有孩童身軀的成年人，既能幹又自負。他自封為小船「鮮蝦水上飄」的船主、經理、主廚和船長。但在心底深處，他仍然是那個因魔靈而失去雙親的可憐小孩。

阿奈與馬騮三寶

馬騮三寶的身體部分是猴子、部分是鯰魚。牠們是羣詭計多端的騙子，盤踞在龍爪的貿易重鎮。牠們會一起做所有事情，包括養育一個名叫阿奈的兩歲幼兒。阿奈會牽頭行騙，利用自己的可愛模樣分散路人的注意力，讓馬騮三寶趁機大肆搶掠。

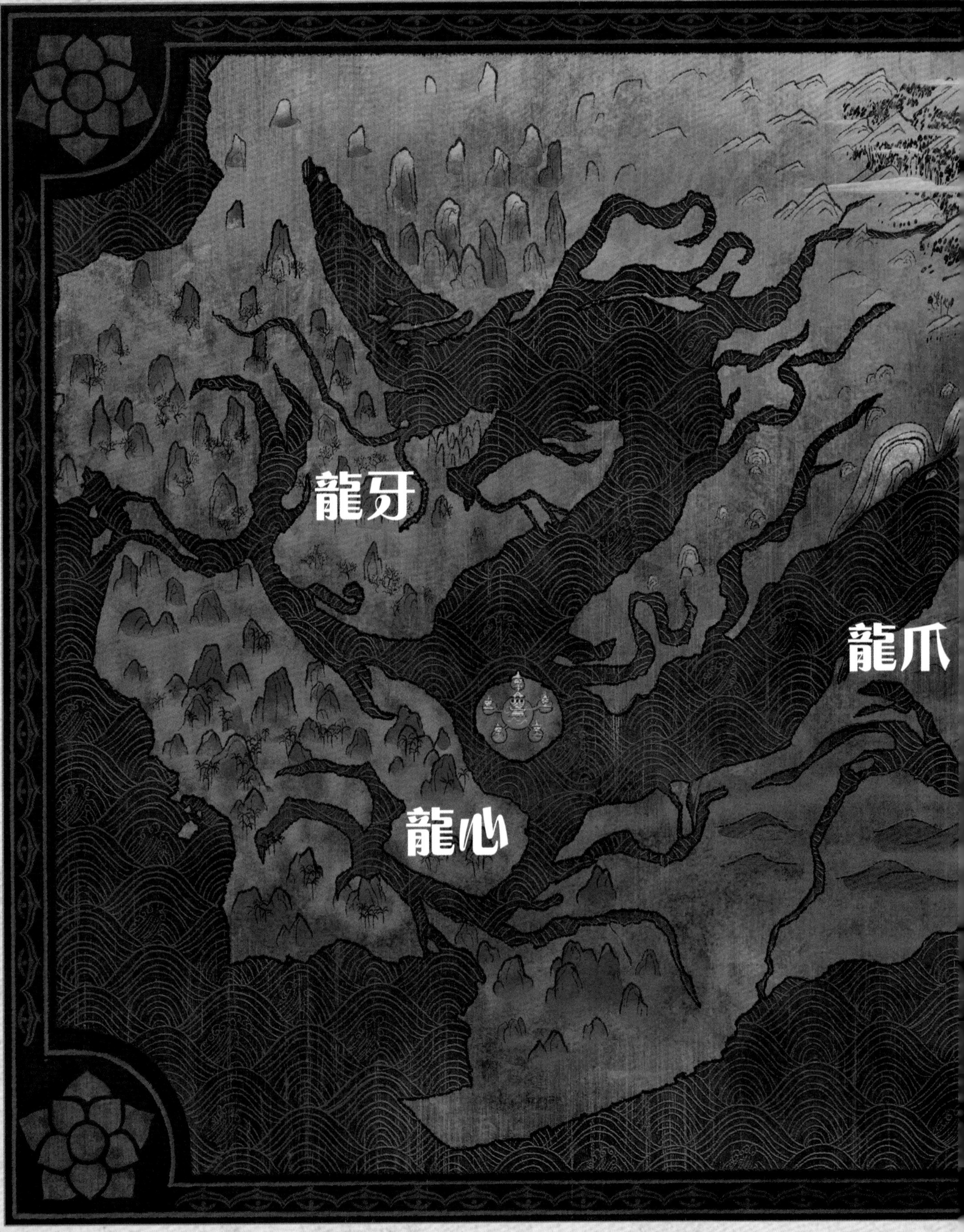

龍佑之國

龍牙——屬於勇猛戰士與戰貓的國度，也是拉美爾與母親——族長維拉納的家園。在其他部族逐一因魔靈而受挫時，龍牙族仍能憑着智慧與決心蓬勃發展。

龍心——雷雅和篤篤的故鄉。這是一個天然的島嶼，依靠本澤族長興建的龍心橋與外面的世界連接。數百年來，這片土地都守護着魔龍寶石。

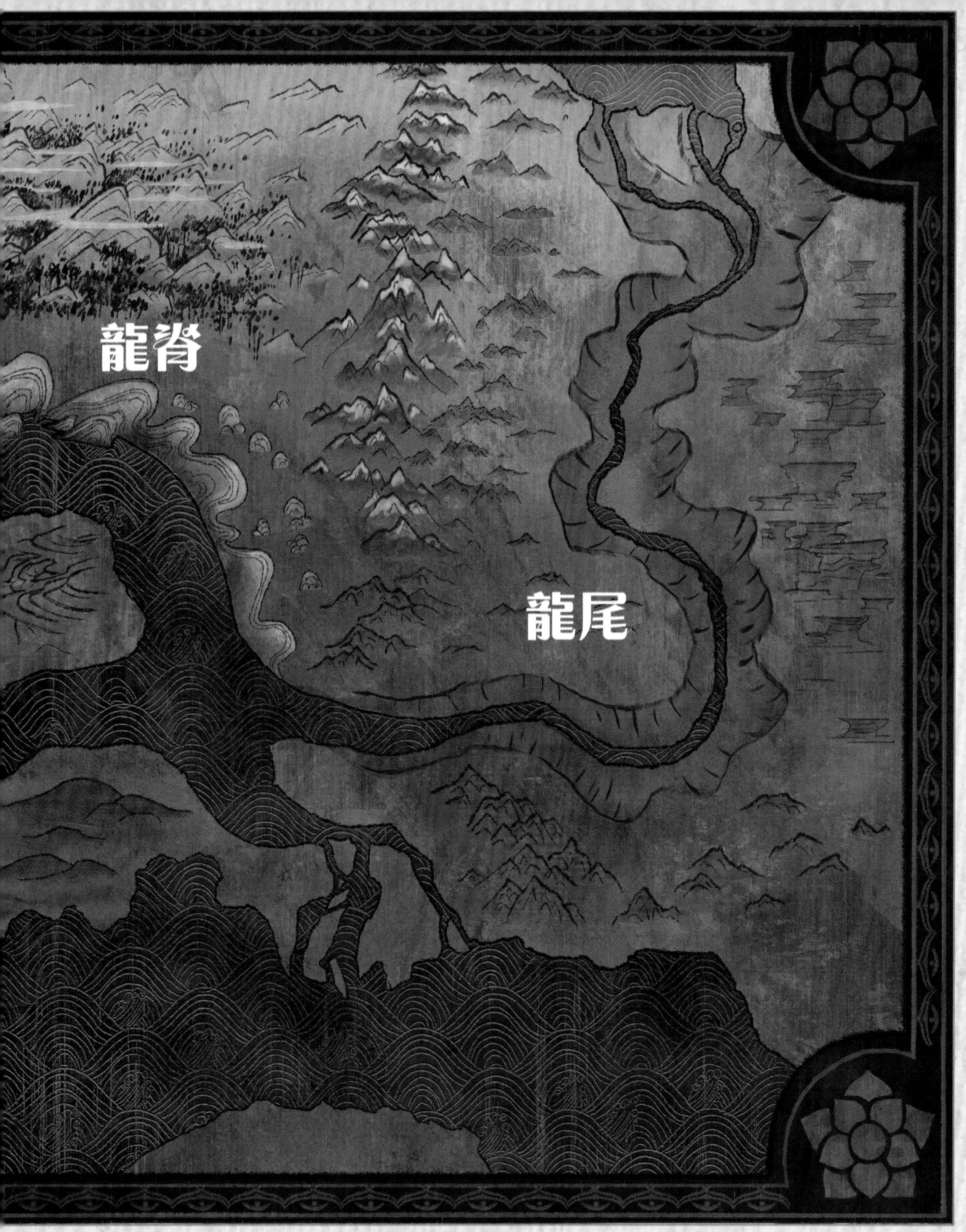

龍爪——位於龍佑之國的中央，是漂浮在海洋上的市集。來自五大領地的訪客和旅客都可以在這裏採購食物與貿易商品，不過這裏亦充斥着扒手和騙子。

龍脊——是一片遙遠、與世隔絕的土地，從不歡迎訪客。位於龍脊中心的堡壘被鋪滿竹製尖刺的圍牆與巨大的雪山重重包圍。

龍尾——這片遠離水源、遺世獨立的荒蕪之地，是最後一條魔龍把魔靈驅逐後的藏身之所。船隻的殘骸與碼頭的遺址說明海洋曾是當地生活不可或缺的一部分。

「這世界之所
以四分五裂，
也許就是因為你不願
意相信任何人。」

—— 魔龍絲素

「龍佑之國。這是我們昔日的模樣……」
「……當時我們的土地還是完整的，我們與一羣魔龍和睦地一起生活——魔龍是擁有魔力的奇妙生物，為我們帶來水源、降雨及和平的生活。那時候的龍佑之國是人間樂土。」
「不過後來魔靈出現了。它們到處掠奪生命，把它們碰觸到的所有生物都變成石頭。」
「魔龍為我們奮力作戰，但並不足以抵抗敵人。」
「就在那時候，擁有強大力量的最後一條魔龍——神勇的絲素把她的所有魔力集中在一起，變成了一顆寶石，把魔靈轟然擊退了。」
「所有之前變成石頭的生物都恢復原狀了……但魔龍們卻沒有變回來。」
「而絲素留下的，就只有她的寶石。在這一刻，人類本應幡然醒悟，為絲素的犧牲而團結一致……」
「……但他們反而羣起爭奪最後僅餘的魔龍魔力。」
「他們各自劃分疆界，龍佑之國變得四分五裂。我們全都變成了彼此的敵人，而魔龍寶石必須隱藏起來。」

但那時世界還未算完全崩壞。直至五百年後，當我在這個故事中登場時，世界才真正陷落……
看來有人想要小聰明呢。
來吧，篤篤。讓他們看看真正聰明的做法。
嘍嘍
嘍嘍
嘍嘍
篤篤沿着走廊滾下去，穿過了所有機關，然後……
那真是精彩呀。跟我擊個掌吧。

本澤族長，我知道阻止我前進是你的職責，但你做不到的。
別把你的鬥志當作真正的能力呀，年輕人。我保證你絕對無法靠近魔龍寶石所在的核心區一步。
就連一根腳趾頭也不行！
哐噹
哐噹
嗖嗖
看招！

如我所言，你連一根腳趾頭也無法踏進核心區。你輸了，雷雅。
真的嗎？
我大概應該説成雙腳的。
別太怪責自己，本澤族長。你已經拼盡全力了。
我不會。還有，你應該叫我「父親」或者「爸爸」。
女兒，你做得很好，你通過考驗了。
嘩！是絲素的靈魂……
我們家族世世代代都發誓要保護這顆寶石。今天你將要加入這傳統的行列。
雷雅，龍心族公主，我的女兒，你現在是魔龍寶石的守護者了。

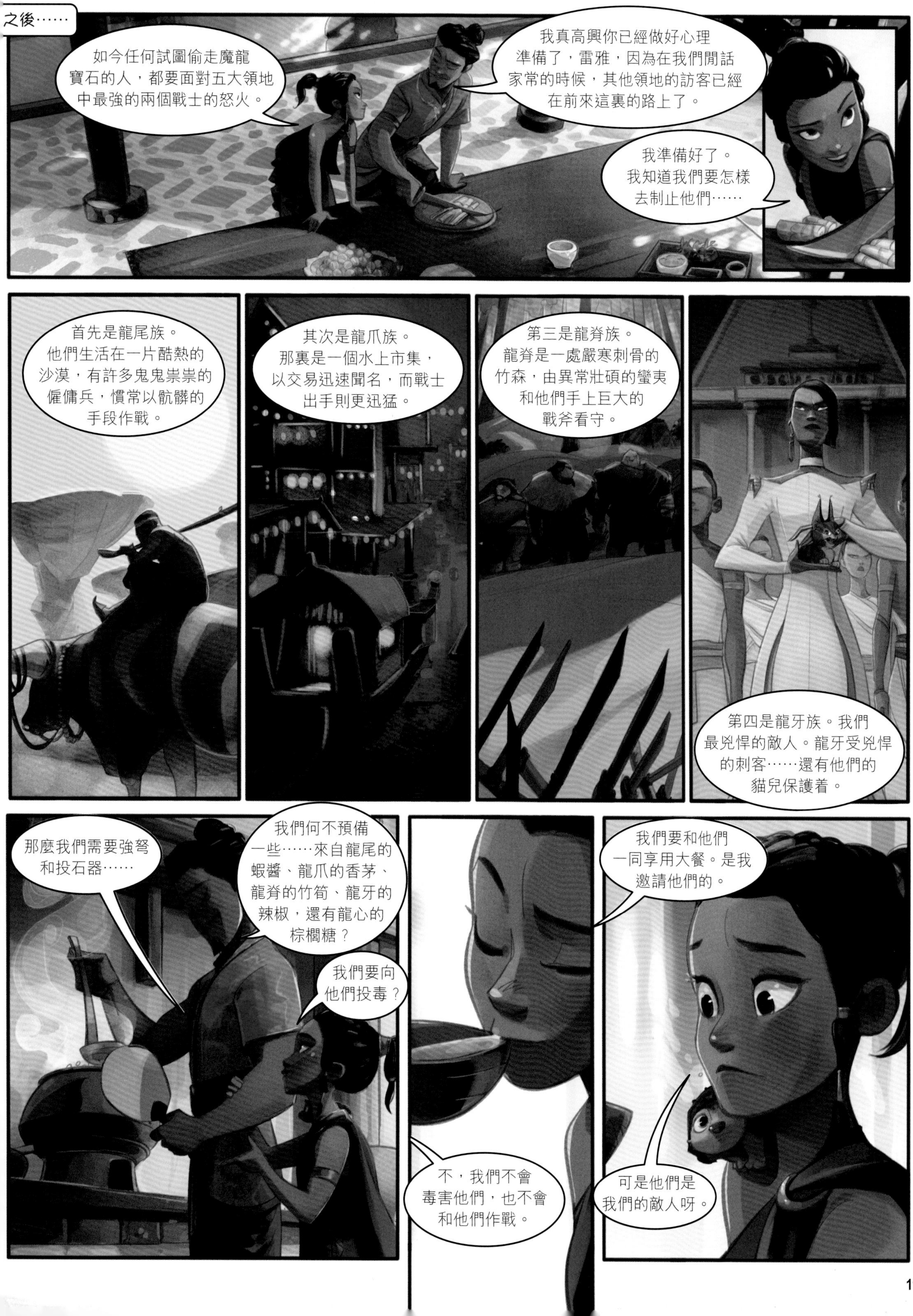
之後……
如今任何試圖偷走魔龍寶石的人，都要面對五大領地中最強的兩個戰士的怒火。
我真高興你已經做好心理準備了，雷雅，因為在我們閒話家常的時候，其他領地的訪客已經在前來這裏的路上了。
我準備好了。我知道我們要怎樣去制止他們……
首先是龍尾族。他們生活在一片酷熱的沙漠，有許多鬼鬼祟祟的僱傭兵，慣常以骯髒的手段作戰。
其次是龍爪族。那裏是一個水上市集，以交易迅速聞名，而戰士出手則更迅猛。
第三是龍脊族。龍脊是一處嚴寒刺骨的竹森，由異常壯碩的蠻夷和他們手上巨大的戰斧看守。
第四是龍牙族。我們最兇悍的敵人。龍牙受兇悍的刺客……還有他們的貓兒保護着。
那麼我們需要強弩和投石器……
我們何不預備一些……來自龍尾的蝦醬、龍爪的香茅、龍脊的竹筍、龍牙的辣椒，還有龍心的棕櫚糖？
我們要向他們投毒？
不，我們不會毒害他們，也不會和他們作戰。
我們要和他們一同享用大餐。是我邀請他們的。
可是他們是我們的敵人呀。

他們與我們為敵，只因以為是魔龍寶石的魔法為我們帶來繁榮和財富。
那太荒謬了。魔龍寶石才沒有那樣做。
他們認定那是魔龍寶石的效果。就像我們對他們的許多猜想一樣。
雷雅，這裏的每個領地都依照魔龍身體的一部分來命名，背後是有原因的。我們曾是和諧團結的一體，都是龍佑之國的人民。
那是遠古的歷史了，爸爸。
但這不一定。
聽着，如果我們不停止鬥爭，重新學習信任彼此，終有一日我們會互相將對方撕成碎片。這並不是我希望你生活的世界。
我相信，我們能再次重建龍佑之國。不過必須有人先踏出第一步。
相信我吧。

來自龍尾、龍爪、龍脊和龍牙的各位，歡迎光臨龍心。我們彼此敵視的時間已經太漫長了。
不過今天是新的一天。從今天起，我們可以再次建立龍佑之國。
你擁有全部領地中威力最強大的武器，當然能誇下海口說重建龍佑之國。
魔龍寶石不是武器，它只是一件神聖的遺物而已。
我有話要說……請問有誰肚子餓了？
不要緊的，去吧。
我叫拉美爾，來自龍牙。
你好，拉美爾。我是雷雅。那是絲素造型的吊墜嗎？
對不起，我也許有點太沉迷於魔龍了。
喂，我才是戴着絲素吊墜的人啊。
別計較啦。你吃過飯了嗎？

拉美爾把魔龍吊墜
送給雷雅後……
你知道嗎？根據
龍牙的傳說，絲素仍存在
於世上某個地方呢。
絲素？你在說
笑，對吧？
根據這個傳說，
當神勇的絲素把所有魔靈
驅逐殆盡後，便掉進了水中，
往下游漂流。傳說絲素如
今正在河流的盡頭沉睡。
你能想像嗎？魔龍
重返世界？那麼世界可能會變得
比現在好得多。
嗯，或許我們真的
能再次建立龍佑之國。
跟我來吧，姊妹。
我有一些東西想讓你
看看……
是絲素的靈魂，
我能感覺到它。
那是世上
僅餘的最後一點
魔龍魔力。
砰
謝謝你，
姊妹。你真是幫上
了大忙呢！

雷雅英勇地反擊，但龍牙的戰士突然走進了密室！
你們不能踏進魔龍寶石的核心區！
咣噹
其他領地的戰士沒多久也尾隨而來……
龍牙族正試圖搶走魔龍寶石！
不行！龍脊族應該得到那顆寶石！
聽我說！我們可以互相把對方撕碎，也可以團結一致，創造更美好的世界。我仍然相信我們可以再次建立龍佑之國……
爸爸！
嗖嗖

哐噹
不……不……
轟隆隆隆
是魔靈！
嗞嗞嗞
那些寶石碎片裏仍有魔法！
快去拿碎片！

雷雅，你要好好
聽着，你是魔龍寶石
的守護者。
爸爸，你為什麼
要説起這件事？
這塊碎片裏仍有光芒，
世界仍有希望。雷雅，
不要放棄他們。
我愛你，
我的女兒。
不要！
爸爸！

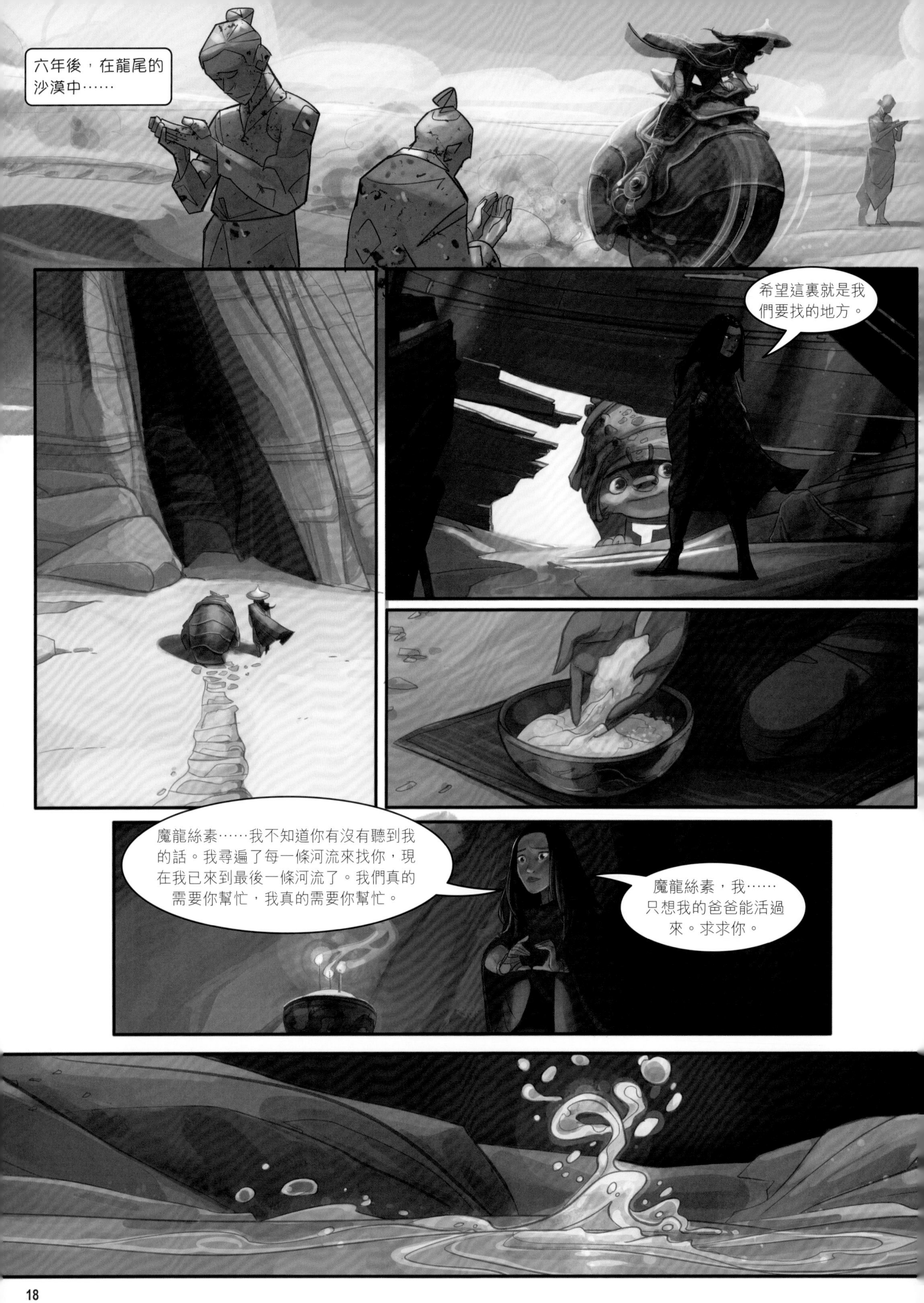
六年後，在龍尾的沙漠中……
希望這裏就是我們要找的地方。
魔龍絲素……我不知道你有沒有聽到我的話。我尋遍了每一條河流來找你，現在我已來到最後一條河流了。我們真的需要你幫忙，我真的需要你幫忙。
魔龍絲素，我……只想我的爸爸能活過來。求求你。

蓬隆隆隆
絲素。你就是……絲素！
而你是……人類。你叫什麼名字？
雷雅。我叫雷雅。
你不是石頭做成的，那就是說……成功了！我們做到了！彭高，你聽到嗎？我沒有把事情搞砸！

你有食物嗎？我太專心要拯救世界，今天忘記吃早餐了。
什麼？
今天？你所說的「今天」確實是什麼時候？
星期二？
嗯，絲素，我有幾件事情需要先讓你知道的……
雷雅告訴絲素此前發生過的一切事情，然後……
噢，這太糟糕了，這真的太糟糕了。我沉睡了五百年，你們令魔靈捲土重來，而我的兄弟姊妹一個也沒有回來？
你們還打碎了魔龍寶石？
你不可以製造出另一顆寶石嗎？
不，我無法製造出另一顆寶石……我坦白告訴你，我可不是那條最厲害的魔龍。
可是你拯救了世界呀。

沒錯，我確實拯救了世界。
不過……寶石不是我製造出來的。我只是……嗯，把它交給我。
啊，你在發光。
這是我妹妹艾碧的魔力，令我得到了這些光芒！
等等，等等。你觸碰了這塊寶石碎片，而它就給了你力量。你知道這代表着什麼，對吧？
我再也不需要小夜燈？
什麼？不，我是說你仍然與寶石的魔法互相連結。
那就是說你仍然能用它來拯救世界。
只要我們得到所有寶石碎片！

雷雅與絲素離開了，不過
有人正在悄悄跟蹤她！
魔龍寶石摔破之後，每一塊
碎片都分別被五大領地的族長
拿走了。五大領地是龍牙、龍心、
龍脊、龍爪和龍尾，而我們現在
身處的地方就是龍尾。
嘩，我有許多問題
呀。第一題！為什麼
我要穿着這件東西？
哦，我不想你
引人注目。
那麼是什麼讓你
覺得龍尾的族長
就在這裏？
這個地方
沒有裝設陷阱。
我想我們已找到龍尾的
族長了。從那副模樣看，她
想藏起寶石碎片，結果卻死
於自己的陷阱裏。
嗯，你不得不佩服
她的決心。

別動！
兩塊寶石碎片到手，還欠三塊。
蓬呼呼
我剛剛改變了形態，變成了人類！這是我姊姊班妮的能力！
現在你不用將我藏起來了，要取回餘下的寶石碎片，肯定也是輕而易舉的事！
嗯，對啊，取回這塊寶石碎片很容易。不過其他的都在一羣貪婪之徒的手中呢。
貪婪之徒？那樣形容老朋友真是太不客氣了。
拉美爾。

我們有偷走魔龍寶石的碎片嗎？
我得承認，雷雅，直至數個月前，我仍以為你已變成了石頭，不過這時候有人偷走了龍牙的魔龍古卷……
噢，那就是你一直緊追着我的原因？我還以為是因為你掛念着我呢。
你真的在尋找絲素嗎？你多大了，十二歲？
捉住他們。
雷雅把繩子割斷了，然後……
嚓
轟隆隆隆
快跑！

那個女孩是誰？
那是拉美爾。她是那個以卑鄙手段破壞了世界的貪婪之徒。
哇，那些貓咪跑得還真快。
貓和魔靈有什麼共通點？
牠們都討厭水！
你好，有人在嗎？
我的新客人，你們好嗎？我是邦邦船長，也是「鮮蝦水上飄」的船主、主廚和財務總監。我能為你們效勞嗎？
我們需要去龍爪，馬上去。
嘩！許多玉幣呢！

各位食客，我們今天的特餐是……出發！
嗯……邦邦船長，這艘船能開快一些嗎？
別擔心，看我的！
再見了，貪婪之徒！
拜託你不要在那裏！可能會有人看見你。我見過人們因為魔龍寶石而理智盡失的模樣。你能想像他們會對一條真正的魔龍做些什麼事嗎？
你必須保持人類的模樣，求求你。
你真的不太信任人呢。
聽着，我的爸爸就是因為盲目地信任他人，如今他成了一個石像。

那天晚上，拉美爾策騎歸家……
……而雷雅和同伴逐漸靠近龍爪。
他們直接在水上建房子，這個令魔靈遠離住處的方法多聰明呀。
對呀，龍爪也許看來很美好……但那裏是扒手和騙子作惡的黑點。
我有一個好消息：我知道魔龍寶石碎片在哪裏。壞消息是……
它在惡名昭彰的龍爪族長登海手上。
明白，我們要向他假意示好。來買份禮物送給他吧！
絲素，也許你留在船上會安全一些。
可是我想幫忙呀。
我知道，你能幫上忙的——只要你平安無事就好。

一會兒後，在龍爪的夜市裏……
嗚哇哇哇
咦？
現在真的很晚了，你在這裏做什麼？你的爸爸媽媽在哪裏？
嘶嘶嘶！
什麼？馬騮三寶！放下寶石！
別跑！
這是真的嗎？居然是個會行騙的寶寶！
讓我袖手旁觀，這真令我很難受。登海族長不像是能被花言巧語瞞騙的人，雷雅甚至沒有帶上禮物。
沒錯，我要去買東西！噢，等等……我沒有錢呀。
你可以記帳呀，就像許下承諾一樣。你現在拿走想要的東西，然後答應之後付款。
多美好的概念！謝謝你，邦邦船長！

與此同時，雷雅和篤篤包圍住那些小扒手……
我要取回我的寶石碎片了。雖然與我無關，但你利用可愛的模樣來騙人真是不誠實啊。
其實……你們想要真正地大賺一筆嗎？
就這樣，當阿奈和馬騮三寶分散守衛的注意力之際……
登海，我是來拿走那塊魔龍寶石碎片的。
嗚哇！我不是登海！我是阿柴，是個賣花的！
登海在哪裏？
在那邊！
什麼？是誰拿了他的魔龍寶石碎片？
在龍爪歷來最奸詐的族長手上。

在龍爪市集，絲素剛好遇上麻煩……
你在這裏毫無信用！馬上給我們付錢！
馬上？我什麼東西也沒有呀。不過……如果我能找到我的雷雅，她有一把劍、兩顆魔龍寶石碎片……
喂，喂！快離開她！你們沒看見她在龍爪人生路不熟嗎？
我只想帶些禮物給龍爪的登海族長。
小姑娘，那就是你想找的人嗎？我知道他確實在哪兒。
不過當他們抵達龍爪外的森林時……
聽着，你必須告訴我，我可以在哪裏找到其他的魔龍寶石碎片，否則……我便要讓你留在外面……和那團魔靈待在一起。
但我明明那麼信任你。
絲素！

我說過你要留在船上的！
雷雅！
絲素，幫我拿着這個好嗎？
龍爪的魔龍寶石碎片給了絲素另一種能力……產生濃霧！
蓬蓬蓬蓬
是霧？
對呀，那是我的兄弟翟安的魔力。
回到船上……
謝謝你介紹新的客人給我！
嗯，我算是答應了他們，吃下多少米粥，我都給他們結賬。

第二天，在龍牙島上……
我們快要用盡所有土地了，維拉納族長。我們需要向大陸拓展。
阿迪提亞將軍，那麼你認為要怎樣處理魔靈呢？如果沒有適當的保護措施，對我們的人民來説就等同送死。
我也許有解決辦法。母親，我已找到雷雅的所在地。她正在外面偷取魔龍寶石的碎片。
我想帶領皇家衛隊在龍脊攔截她。
陪我走走吧。
看看四周，我們藉由作出聰明的決定而創造出這一切，而不是憑一時意氣的行動。我們在這裏很安全，因為有運河保護我們免受那些怪物侵擾。
我不認為在你毫無需要時卻要以身犯險是明智的做法。
可是我們的土地快要用盡了。我們需要拓展，如果我們擁有全部魔龍寶石碎片，就能安全地做到這件事。
這不是一時意氣的決定——這是我們為了保障龍牙的未來所能做的唯一選擇。
拉美爾，你真的成長了，變成了我所栽培的領袖。
阿迪提亞將軍，準備好皇家衛隊，聽從我女兒的號令。

沿着龍佑之河……
當人類真的很難。你只有小小的頭顱，沒有尾巴。你要説謊才能得到想要的東西，就像剛剛那個龍爪的族長一樣。
對呀，你知道的，這個世界已經崩壞了，你不能相信任何人。
又或者，這個世界之所以四分五裂，也許就是因為你不願相信任何人。
你很像我的爸爸。我真的很想相信他，我真的很想相信我們能重建龍佑之國。
我們可以的。
我相信數以千計已經變成石頭的人會有截然不同的想法。你想知道為什麽其他魔龍沒有回來嗎？
那是因為人類配不上魔龍。
那不代表你不應該試一試啊。
我受夠了，龍佑之國只是個童話故事。
嗯……我想我們已抵達龍脊了。
絲素！！！
嘩啦

絲素！回來！求求你。你在做什麼？
我要證明你是錯的！
我要向你證明，如果你想獲得他人信任，你必須先付出一點點信任。
絲素，不要這樣做！
霍嗖
不久……
啊！
你們兩個腦袋肯定是有問題的，才會以為自己能偷走龍脊的魔龍寶石碎片。
嘿嘿，我已經很久沒有這樣凝視着一個渾身顫抖的敵人了。

時間都到哪裏去了呢？日子真的很漫長……
他似乎很孤獨……
咔啦啦啦
龍牙的人來了。
什麼？
龍脊的人民，我們在追捕來自龍心的可疑人物。把她交出來，不然我們便要進來了！

就在那時，雷雅和其他人發現了關於龍脊的真相⋯⋯
你是村裏唯一的一個人？
我的同伴非常奮勇地與魔靈戰鬥⋯⋯可惜戰敗了。
好了，龍牙的人是為我而來，不是為了對付你們的。如果我能分散他們的注意力，你們便能離開這裏。
你叫什麼名字？
人們都叫我堂哥。
好吧，堂哥，你不認識我，我也不認識你。不過確保我的朋友們平安無事實在非常重要。
為此我誠心請求你，你可以幫助我嗎？求求你。
堂哥點一點頭答應了⋯⋯

於是……
你和那些魔龍寶石碎片就跟我走吧。
想我答應？先問問我的劍！
你為什麼要偷取魔龍寶石的碎片？
我在嘗試收集整套碎片。你不會剛好帶着龍牙的魔龍寶石碎片吧？
呼嗖
哐噹
砰
啊！
我要好好享受這一刻……
什麼事？
啊！
蓬蓬蓬蓬

沒錯。她是一條魔龍。我們走吧！

脫離險境後……
神聖的水魔龍，為什麼你會在這裏呢？
大塊頭，這不是很顯而易見嗎？我的雷雅和我將要拯救世界，讓所有人活過來。
嗯……至少我們正在嘗試讓所有人活過來。
你將要令所有人活過來？我能幫忙嗎？
我也希望加入對抗魔靈的團隊。
當堂哥把龍脊的魔龍寶石碎片交給絲素時……
……雨水開始落下，而絲素踏着雨點，飛躍到天上！

第二天……
最後一塊魔龍寶石碎片在龍牙——五大領地中守衛最森嚴的地方。
不過絲素不想偷走龍牙的魔龍寶石碎片，她希望請求拉美爾協助他們拯救世界……
如果我們與她坦誠相對，我覺得在她心底深處，她也像我們一樣，迫切渴望拯救世界。
你不知道拉美爾當時怎樣背叛我。一切依照我的計劃行事。
來吧，我要讓你看看一樣東西。
絲素！
你要帶我去哪裏？

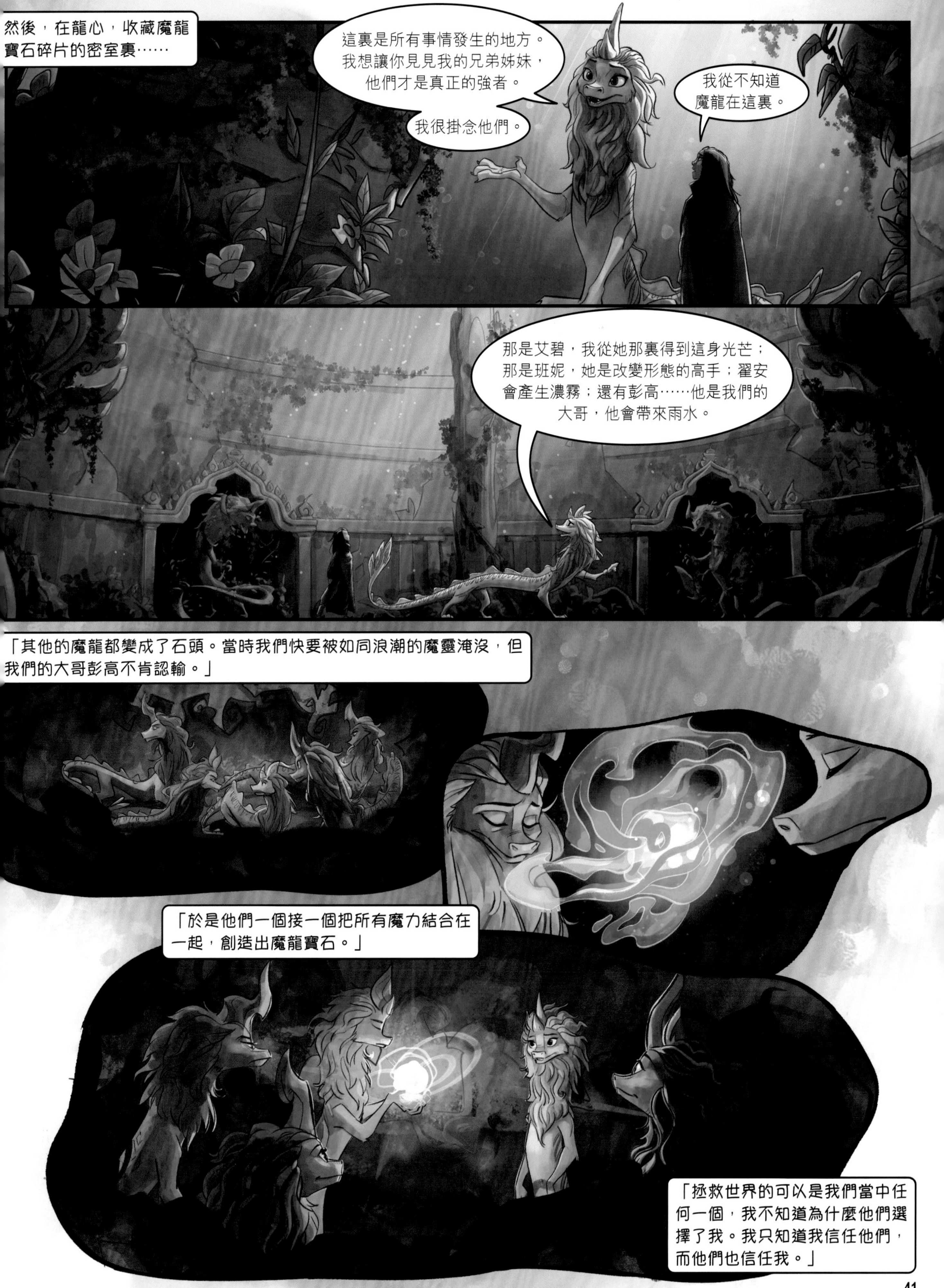
然後，在龍心，收藏魔龍寶石碎片的密室裏……
這裏是所有事情發生的地方。我想讓你見見我的兄弟姊妹，他們才是真正的強者。
我很掛念他們。
我從不知道魔龍在這裏。
那是艾碧，我從她那裏得到這身光芒；那是班妮，她是改變形態的高手；翟安會產生濃霧；還有彭高……他是我們的大哥，他會帶來雨水。
「其他的魔龍都變成了石頭。當時我們快要被如同浪潮的魔靈淹沒，但我們的大哥彭高不肯認輸。」
「於是他們一個接一個把所有魔力結合在一起，創造出魔龍寶石。」
「拯救世界的可以是我們當中任何一個，我不知道為什麼他們選擇了我。我只知道我信任他們，而他們也信任我。」

當他們將信任托付在我身上，那令我充滿力量，威力遠遠超過我的想像。
同樣的事情也可能發生在拉美爾身上。
我真希望我能相信這説法，我曾經以為我和她能成為朋友。
即使她想要幫助我們，我們怎麼可能信任她？
但是如果你做到的話，你不只能讓你的爸爸復活——你也會令他的夢想實現，重建龍佑之國。
雷雅帶絲素去見她的爸爸，他仍是一個石像……
你令我想起他。
強壯、外貌端正，還有無懈可擊的髮型？
你們，
都常懷希望。但發生過種種事情後，我要怎樣靠近拉美爾呢？
你可能覺得這是不可能。不過有時候你確實需要踏出第一步，即使你還未準備好。相信我。
好吧。我們採用你的計劃。
好的！你不會為此而後悔的。
不過我們需要一件真正的厚禮。
其實，我已經知道應該要送她什麼東西。

母親，你不會相信我看見了什麼。
你看見了一條魔龍。阿迪提亞將軍已通知我，你沒有帶着魔龍寶石的碎片回家。
那是絲素。她能修補我們破壞了的東西，她能令所有人活過來。
那正是我害怕的地方。
當所有人復活，你認為他們會找誰報復？你也許忘了，其他領地把所有事情都怪罪於我們。
不過如果我們得到魔龍和寶石，我們也許會被原諒，我們可以拯救世界。更重要的是，我們的人民全都會安然無恙。
雷雅不會爽快地把絲素交給我們。
你要怎樣做？
我們會令她別無選擇。
這件事不再需要你掛心了，你已經做得夠多了。

那天晚上，馬騮三寶給拉美爾送來一份禮物。
那是六年前她送給雷雅的魔龍吊墜……
一會兒後，拉美爾決定要去與她的宿敵見面……
我想你收到我的禮物了。
我沒想過能再見到它。
接着……
是最後一塊碎片。
是時候令所有人復活了。
咯嚓

絲素和魔龍寶石
我都要帶走。
拉美爾，事情沒必
要變成這樣呀。
退後！
信任來自龍牙的人
實在是太愚蠢了。
我知道你不願意
傷害任何人……你只是想
要一個更美好的世界，就像
我們一樣。
絲素……
我相信你，
拉美爾。
喀嚓
呼嘍嘍嘍

絲素！
不要！
發生什麼事？
我不知道。似乎是隨着最後一條魔龍離世，這裏的水也消失了。
如今沒有任何東西能制止魔靈了。

雷雅……
雷雅在哪裏？
拉美爾！
我們來個了斷吧，貪婪之徒！
哐噹

魔龍寶石的魔法正在消退。如果我們不帶這些人離開，他們全都會變成魔靈的食物。
我從來不想讓這些事發生的。
騙子！
我不在乎你是否相信我。絲素相信我，不過你不相信她。那就是為什麼我們來到這地步。
你想要怎樣做悉隨尊便，不過對於絲素之死，你與我負有同等責任。
堂哥，那裏還有人！
什麼？

怎麼了？
好了，篤篤。這是最後一批人了。去吧！
篤篤！
嗞嗞嗞嗞

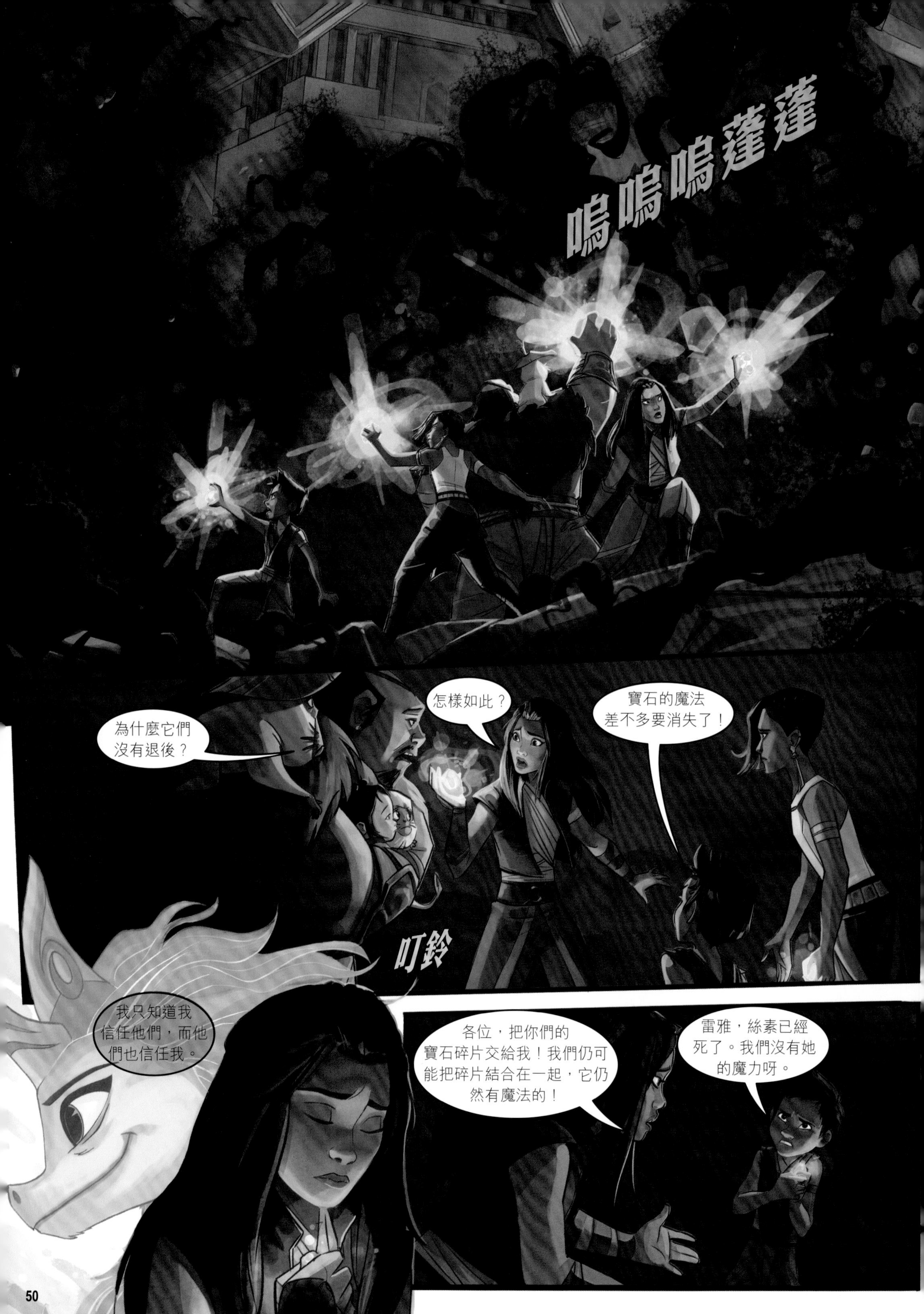
嗚嗚嗚蓬蓬
為什麼它們沒有退後？
怎樣如此？
寶石的魔法差不多要消失了！
叮鈴

我只知道我信任他們，而他們也信任我。

各位，把你們的寶石碎片交給我！我們仍可能把碎片結合在一起，它仍然有魔法的！
雷雅，絲素已經死了。我們沒有她的魔力呀。

那與魔力無關，重要的是信任的力量！
這就是為什麼當時魔龍寶石產生了效果，這就是為什麼我們仍有可能做到。只要我們去做絲素希望我們做的事情，也是我爸爸想我們做到的，就是信任彼此，共同渡過這個難關。
在她做過那些事情後……
我們永遠不會相信她！
那麼讓我來踏出第一步吧。
他們知道這是該做的事情，於是全都把自己的魔龍寶石碎片交給拉美爾，他們全都隨之變成了石頭……

轟隆隆隆
成功了！
成功了！

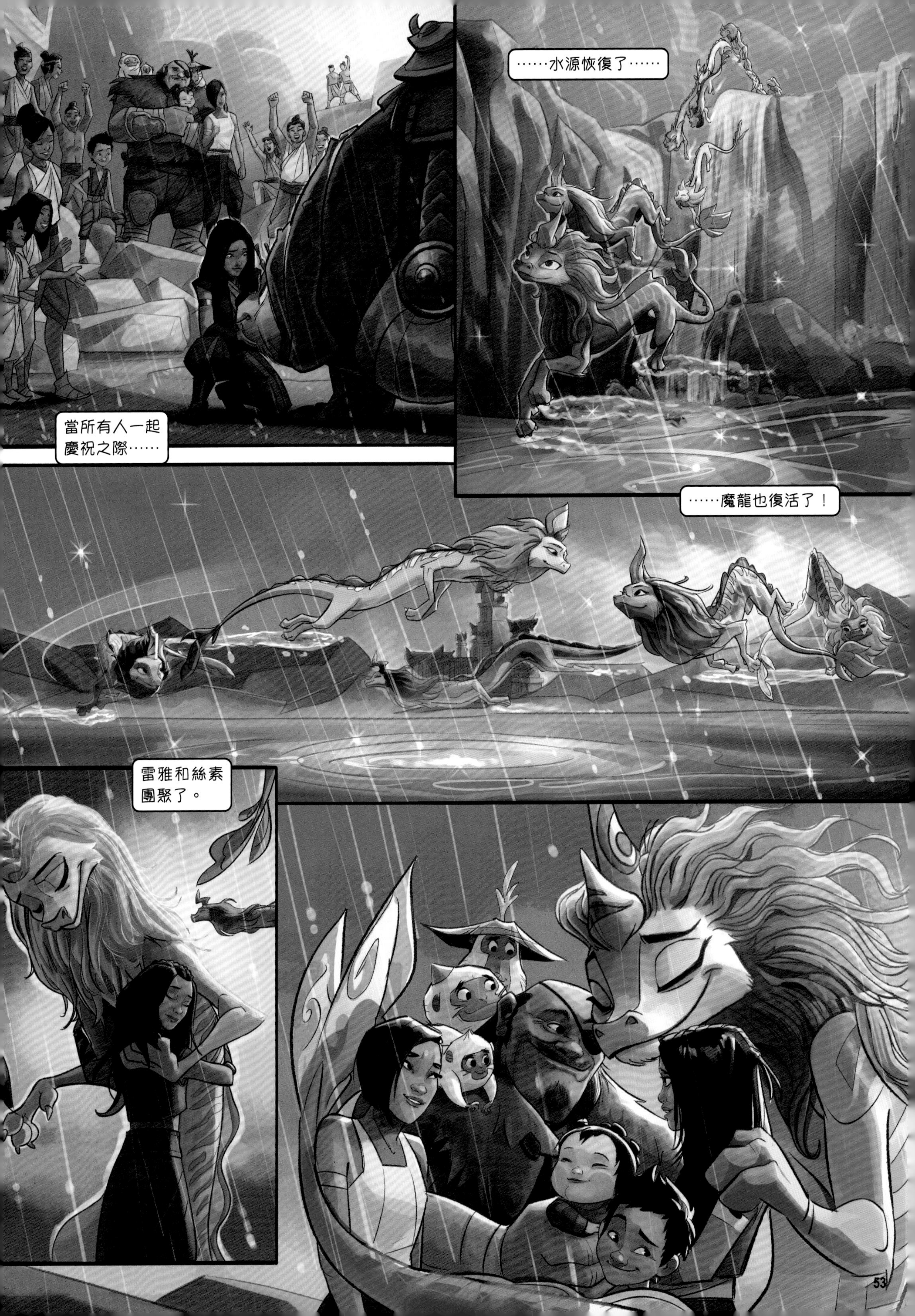
當所有人一起
慶祝之際……
……水源恢復了……
……魔龍也復活了！
雷雅和絲素
團聚了。

之後，他們回到
龍心……
爸爸！
我的女兒！
本澤族長，
你的女兒足以讓
你引以自豪。
希望你別介意……
她帶了一些朋友來……
爸爸，歡迎來
到……龍佑之國。
完

「那與魔力無關，
重要的是信任的力
量！」

——雷雅

魔龍王國（漫畫版）

改　　編：Alessandro Ferrari
繪　　圖：Disney Storybook Art Team
翻　　譯：羅睿琪
責任編輯：劉紀均
美術設計：蔡學彰

出　　版：新雅文化事業有限公司
香港英皇道499號北角工業大廈18樓
電話：(852) 2138 7998
傳真：(852) 2597 4003
網址：http://www.sunya.com.hk
電郵：marketing@sunya.com.hk
發　　行：香港聯合書刊物流有限公司
香港荃灣德士古道220-248號荃灣工業中心16樓
電話：(852) 2150 2100
傳真：(852) 2407 3062
電郵：info@suplogistics.com.hk
印　　刷：中華商務安全印務有限公司
香港新界大埔汀麗路36號
版　　次：二〇二一年三月初版

ISBN：978-962-08-7713-1

Published by Sun Ya Publications (HK) Ltd.
18/F, North Point Industrial Building, 499 King's Road, Hong Kong
Published in Hong Kong
Printed in China